本書由里奧波德出版社和莫瑞泰斯皇家美術館聯合出品。

莫瑞泰斯皇家美術館

位於荷蘭海牙

www.mauritshuis.nl

莫瑞鼠在莫瑞泰斯皇家美術館有他專屬的小洞喔，你能找到在哪嗎？

莫瑞鼠與林布蘭 / 英格麗與迪特・舒伯特
(Ingrid & Dieter Schubert) 文・圖 ; 郭騰傑譯.
-- 初版. -- 新北市 : 字畝文化出版 : 遠足文化事
業股份有限公司發行 , 2021.04
　　面；　公分

譯自 : Maurits muis en Rembrandt.
ISBN 978-986-5505-50-9(精裝)

881.6599　　　　　　　　　109018452

獻給我們的兩隻小老鼠

莫瑞鼠與林布蘭
Maurits Muis en Rembrandt : De meester en zijn muis

作　　者｜英格麗與迪特・舒伯特 Ingrid & Dieter Schubert
譯　　者｜郭騰傑

字畝文化創意有限公司
社　　長｜馮季眉
編輯總監｜周惠玲
責任編輯｜戴鈺娟
編　　輯｜徐子茹
美術設計｜許庭瑄

2021 年 4 月　初版一刷
定　價｜330 元
書　號｜XBER0004
ISBN｜978-986-5505-50-9

讀書共和國出版集團
社長｜郭重興　發行人兼出版總監｜曾大福
業務平臺總經理｜李雪麗　業務平臺副總經理｜李復民
實體通路協理｜林詩富　網路暨海外通路協理｜張鑫峰
特販通路協理｜陳綺瑩
印務經理｜黃禮賢　印務主任｜李孟儒

發　　行｜遠足文化事業股份有限公司
地　　址｜231 新北市新店區民權路 108-2 號 9 樓
電　　話｜(02)2218-1417
傳　　真｜(02)8667-1065
電子信箱｜service@bookrep.com.tw
網　　址｜www.bookrep.com.tw

莫瑞鼠與林布蘭

Maurits Muis
en
Rembrandt

英格麗與狄特・舒伯特 文・圖
Ingrid & Dieter Schubert

郭騰傑 譯

外面已經天黑了，而美術館裡很安靜。
莫瑞鼠晚上要看守美術館，
不過，在那之前，他要先洗一個舒服的熱水澡。

突然，他聽到「沙沙」的聲音。

他很擔心，於是從澡盆爬了出來。
這時，有四隻閃閃發光的眼睛看著他。

「不准偷看！」莫瑞鼠生氣的喊。
「對不起，」兩隻豚鼠吱吱叫著：
「有急事，必須請你現在就過來一下。」

莫瑞鼠深深嘆了一口氣，迅速穿好衣服。

蹦！

蹦！

蹦！

美ㄇㄟˇ術ㄕㄨˋ館ㄍㄨㄢˇ裡ㄌㄧˇ的ㄉㄜ˙夥ㄏㄨㄛˇ伴ㄅㄢˋ們ㄇㄣ˙紛ㄈㄣ紛ㄈㄣ跳ㄊㄧㄠˋ出ㄔㄨ自ㄗˋ己ㄐㄧˇ的ㄉㄜ˙畫ㄏㄨㄚˋ。

「莫ㄇㄛˋ瑞ㄖㄨㄟˋ鼠ㄕㄨˇ，你ㄋㄧˇ聽ㄊㄧㄥ到ㄉㄠˋ消ㄒㄧㄠ息ㄒㄧˊ了ㄌㄜ˙嗎ㄇㄚ˙？
有ㄧㄡˇ一ㄧ位ㄨㄟˋ大ㄉㄚˋ名ㄇㄧㄥˊ人ㄖㄣˊ要ㄧㄠˋ來ㄌㄞˊ參ㄘㄢ觀ㄍㄨㄢ美ㄇㄟˇ術ㄕㄨˋ館ㄍㄨㄢˇ，
我ㄨㄛˇ們ㄇㄣ˙卻ㄑㄩㄝˋ要ㄧㄠˋ被ㄅㄟˋ挪ㄋㄨㄛˊ到ㄉㄠˋ地ㄉㄧˋ下ㄒㄧㄚˋ室ㄕˋ躲ㄉㄨㄛˇ起ㄑㄧˇ來ㄌㄞˊ。
這ㄓㄜˋ我ㄨㄛˇ們ㄇㄣ˙可ㄎㄜˇ不ㄅㄨˋ能ㄋㄥˊ接ㄐㄧㄝ受ㄕㄡˋ！這ㄓㄜˋ裡ㄌㄧˇ是ㄕˋ我ㄨㄛˇ們ㄇㄣ˙的ㄉㄜ˙家ㄐㄧㄚ耶ㄧㄝ˙！」

莫瑞鼠握緊拳頭說：「放心，我會保護你們的。
我會對抗入侵者！」

他們一起走過所有房間，檢查了所有角落。
突然，莫瑞鼠發現了奇怪的東西：
在一幅老人畫像下方，有一個很小很小的洞！

「咦，這是什麼？」莫瑞鼠喊道：
「整個美術館裡，明明只有我一隻老鼠！」

莫瑞鼠小心翼翼的聞聞洞口，
試著把自己往裡面塞。
其他動物們嚇得不敢呼吸：莫瑞鼠竟然這麼
大膽，而且還穿著他最愛的那套衣服呢！
「救命啊，我卡住了！」莫瑞鼠尖叫著。
他的朋友們拼命幫忙推，莫瑞鼠的雙腳
也使勁兒的蹬向牆壁。

突然間，他飛了起來，
飛得比火箭還快，
衝進一個未知的世界。
莫瑞鼠翻轉過身體，倒下以後，又再飛了起來……
他一點也不害怕，反而覺得很刺激呢！

不久，莫瑞鼠降落在一大袋麵粉上。
他把大衣上的粉塵拍乾淨後，環顧四周。

這時，有個東西拎起了他的尾巴，
「你這老鼠怎麼穿得那麼體面？」

莫瑞鼠清清嗓子：「我可是血統高貴、莫瑞泰斯
皇家美術館的鎮館之鼠——莫瑞鼠！」

「我是林布蘭‧赫曼松‧范‧萊因，
我未來會成為有名的畫家。」
「有名的畫家？真愛吹牛！」莫瑞鼠心想。

「我父親是磨坊主人，我母親負責烤麵包。」男孩說：
「他們受不了屋裡有老鼠，所以你可要當心那隻貓咪。
我會好好照顧你。不如你來做我畫中的模特兒，好嗎？」

莫瑞鼠點了點頭，想著：「這個傢伙真有趣。
但是他叫什麼名字？林布蘭‧赫……赫什麼？
真是太複雜啦！就叫他林姆好了。」
「好的，林姆！」

林姆帶莫瑞鼠回家， 把他放在房間桌上，
接著拉上窗簾， 又來來回回移動油燈。

「我喜歡我的畫充滿神祕感與驚喜。
首先， 我會從各個角度尋找光影，
直到感覺對了， 我才會開始畫畫。 」

「現在坐著別動， 向左看……
再往右一點， 頭稍微抬高……
嘿， 你的鬍鬚不要亂動。 」

林姆真是嚴格！
而莫瑞鼠又是什麼感覺呢？
他超愛的！

林姆每天一大早都要去上學。
「柏農馬尼，林勃朗督斯。」
學校老師說。
「這裡只能說拉丁語。」
林姆小聲解釋：「他在說早安。」

課堂上，林姆不時望著窗外。
「你看見廣場上那些人了嗎？
莫瑞鼠，我會把他們都畫下來，
那是我以後最想做的事，
其他的事我都沒興趣！
唉！我的父母什麼
時候才能了解呢？」

放學後，林姆和莫瑞鼠在城中漫步。
在大教堂裡，他們躲在柱子後面玩捉迷藏。
林姆每到一個地方，都會畫些素描。

林姆也會畫自己， 他喜歡打扮， 也喜歡扮鬼臉，
這時莫瑞鼠就要幫忙把鏡子舉得高高的。
林姆有時看起來很開朗， 有時很嚴肅， 有時很悲傷。
他會問： 「猜猜我現在感覺如何？」
而莫瑞鼠總是很快就猜到了。

「你是我的第一個學徒， 莫瑞鼠。
以後， 拜我為師的學徒
會擠爆整間房子！」

「你太驕傲啦，
林姆！」

莫瑞鼠學會了如何削鉛筆，
也學會擺出經驗豐富的
藝術家架式來調合墨水。

莫瑞鼠也畫畫，
但他發現畫畫比
他想得難多了！

林姆經常練習簽名，
而莫瑞鼠會趁著林姆不注意時，
偷偷在他的簽名中間加一個字母。
「嗯，這樣就對了。」

有天晚上，他們坐在河邊，林姆高興的說道：
「你看見那棟白色房子了嗎？
現在，我終於可以在那裡當學徒學畫了。」

然後他難過的看著莫瑞鼠：「但可惜你不能來。」
「沒關係，」莫瑞鼠說：「我也該回家了。
大家應該都很想我。」

「你從哪裡來的？」林姆問。

「從另一個時空，離這裡很遠。我是用比飛過太空的火箭更快的速度飛到這裡來的。」

林姆訝異的看著他：「火箭？飛？時空？太空？那些是什麼？你怎麼突然說起這些瘋狂的話？」

莫瑞鼠帶著林姆回到磨坊，
指著一個小洞說：
「我必須從這裡穿越回去，
你得推我一把。」

「等一下！」林姆笑著說：「你的想像力實在太豐富啦！不過，世事難料，我要讓你帶一樣東西回去，等我以後成名了，就很有用啦，哈哈哈！」

真是天真的林姆。
莫瑞鼠給了他一個輕輕的吻，然後把自己擠進洞口。
「現在，林姆，推吧！」
林姆用食指推了他一把。
莫瑞鼠的身體再次開始翻轉、倒下，又飛起來……
一剎那的時間變得無比輕盈又無窮無盡。

莫瑞鼠像是一道閃電突然落下，
落在他朋友們的腳邊。

「你到哪裡去了呀？」豚鼠大喊。
「我離開很久嗎？」莫瑞鼠頭昏眼花的問。
「還好，不算太久。」

莫瑞鼠站起來環顧四周，一切都跟以前一樣。
但，等一下！

就在那兒， 在那個角落， 有好多他沒見過的畫。

豚鼠悄聲的說： 「 那位訪客已經到了。

幸好， 我們都不需要躲到地下室去。

這些畫是那個叫林姆還是林布……的人畫的。 」

「他叫林布蘭。」莫瑞鼠嘆了口氣。
他手中緊緊的握著一樣東西，那是一撮頭髮。
他會保存著這撮頭髮，直到永遠。